KB130976

붕어빵
닮은 선생님

Thinking and heart

쓸데없는 걱정으로 속마음 태울 때마다
넘겨보고 싶은
단순하고 명료한 내 것 혹은 남의 것

한관식
짧은 에세이

도서출판
청어

차 례

~

1부_동그라미

3부_세모

4부_육각

작가의 말

어쩌면 밑줄 칠 문장이 없다고 할지 모릅니다.

완성된 형식을 거부한 자유로움을 택했습니다.

살아봐도 뚜렷해지지 않는 삶에서
울타리를 아예 걷어내고
이 세상 모든 '공기놀이'처럼 갈피를 잡았습니다.

책장을 넘기다가 하나라도 건져진다면
'침대' 머리맡에 놓이길 원합니다.

-경북 영천에서 한관식

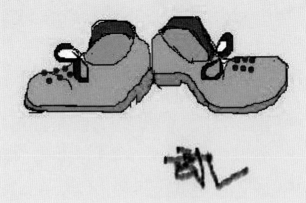

뜨거운 삶의 기호들

마경덕(시인)

한관식 작가는 장애 3급 판정을 받은 작가다. 2014년 1월에 사고로 왼팔 하나를 잃었다. 오랫동안 몸에 각인된 습관들이 불쑥 튀어나올 때 그 습관들을 하나하나 버려야 했다. 사회적 정서와 언어라는 일상의 습관 속에 폭력은 이미 내재하고 있기에 참혹한 현실을 받아들이기까지 자신과 끈질기게 싸워왔다. 그의 말을 받아준 것은 오로지 안경 너머의 세상이며 글을 쓰며 세상과 소통하는 일이었다.

그렇게 말문을 트며 한 권의 잠언적인 짧은 에세이집 『붕어빵 닮은 선생님』이 완성되었다. 한관식 작가의 작품 세계는 나와 공존하지 않는 주변의 것들과 끊임없이 화해를 시도한다.

작가의 세상으로 보내는 시그니처는 자신과의 싸움에서 얻어낸 절실하고 뜨거운 "삶의 기호"들이다. 사람과의 관계를 중시하는 작가는 무의식에 잠재된 어두운 기류를 '삶의 동력'으로 바꾸며 세상과의 소통을 꿈꾼다. "충돌하는 지점"에서 다시 운명을 재배치하는 노력은 한 문장보다 더 큰 일련의 문장을 생성하려는 의지로 읽힌다.

자신이 처한 환경이나 불리한 조건에서도 남에게 책임을 전가하지 않는 긍정의 힘이 작가의 중심을 붙잡고 있다.

'작가의 말'을 살펴보면 "어쩌면 밑줄 칠 문장이 없다고 할지 모릅니다. / 완성된 형식을 거부한 자유로움을 택했습니다. / 살아봐도 뚜렷해지지 않는 삶에서 / 울타리를 아예 걷어내고 / 이 세상 모든 '공기놀이'처럼 갈피를 잡았습니다"라고 고백한다.

한관식 작가는 어느 틀에도 얽매이지 않는 자유를 소망한다. 독자에게 친근하게 다가가 조곤조곤 경험에서 나온 삶의 지혜로 "살아갈 방향"을 제시하고 있다. 한관식 작가는 기존의 편견에 얽매이지 않는 "의미가 담긴" 주제를 찾아내고 독자에게 용기와 활력을 주고 있다. 사유가 깊은 글이 "인생의 체험"에서 나오듯이 자전적인 짧은 에세이집 『붕어빵 닮은 선생님』은 힘든 난관을 넘어온 작가의 체험을 밑바탕으로 쓰인 글이다. '희망'이라는 확고한 세계를 구축하며 동행자가 되어 진정한 삶의 가치에 대해 설득하고 든든한 가이드가 되어준다.

『붕어빵 닮은 선생님』은 독자에게 자신의 모습을 꾸밈없이 고백하며 올바른 삶의 방식과 힘든 처지에 있는 사람들을 끊임없이 격려한다. "행복은 물질이 아니며 자신의 운명을 책임질 사람은 곧 자신임"을 각인시킨다. "글은 사람이며 사람과 그 사람이 쓴 글은 똑같다"고 한다. 한관식 작가는 책장을 넘기다가 하나라도 건져진다면 '침대' 머리맡에 놓이길 원한다고 하였다. 필자 역시 '각박한 현실'에서 한 개인의 신념이 용기가 되고 한 줄기 빛이 되어 '삶의 행로'가 바뀔 수 있다고 믿는다.

1부

동그라미

삽 한 자루

오늘 같은 날은 삽 한 자루 있었으면 좋겠습니다.
내 안을 깊이깊이 파고 싶은 그런 날입니다.

하루 중에 기쁨과 슬픔이 교차하여 뒤숭숭한 밤을 맞이했습니다.
조율하지 못한 밤이 지나면 또 아침은 오겠지요.

다만 내일을 위해 삽 한 자루가 필요합니다.
세월의 무게를 이렇게 덜어내며 살아가고 싶을 뿐입니다.

양팔

목에 가시가 걸렸을 때
양팔을 높이 들면 쑥 빠져나온다고 합니다.

혹시 삶의 가시가 걸렸을 때도
양팔을 높이 들면 쑥 빠져나올까요.

난관에 부딪혔을 때
양팔을 높이 들어 위기에서 빠져나오십시오.

실천하는 자 앞에서 위기는 물러갑니다.

우리의 봄

선생님, 밤새 높이 자란 콩나무를 타고 잭은 하늘에 닿았다지요.

콩나무 끝에는 거인의 집이 있었고 황금과 황금알을 낳는 거위와 노래하는 하프를 가져왔다지요.

'잭과 콩나무'란 동화지만 지금 생각해 보면 아무 잘못이 없는 거인 집에 침입하여 재산을 훔쳐, 거인을 죽음에 이르게 했습니다.

세상은 자신을 유리하게 이끌어 가지만, 한 번쯤 상대방 입장을 생각해 본다면 얼마나 평화롭고 순한 세상이 되겠습니까.

온난화로 뚜렷한 사계절이 없어졌지만 아직은 우리 마음 안에 사계절은 살아있습니다. 추운 겨울이 오면 봄은 점점 가까워집니다.

연잎에게 배우다

빗방울이 고인 연잎은 감당할 무게만 받아들이고 나머진 연못으로 흘려보냅니다. 욕심을 부리면 잎이 찢기거나 줄기가 부러진다고 합니다.

지나친 욕심을 부리면 그만큼 삶에 짓눌리게 됩니다. 가질 줄만 알지 비울 줄 모르는 인간은 자연을 보고 배울 점이 많습니다.

욕심은 소금물과 같아서 마실수록 목이 타들어 갑니다. 지금 굳게 닫힌 마음의 곳간을 열고 베풀 수 있다면 당신의 근심도 줄어들 것입니다.

애드벌룬

책을 읽지 않으면 어둠 속을 걸어가는 사람이라 했습니다.

한 권의 책이 인생의 갈림길을 알려주고
어려움을 헤쳐 나갈 강한 자생력을 키워줍니다.

빈손으로 서성거리고 있다면 그 빈손에 책 한 권 쥐여주십시오.

그리고 혼자만의 시간이 허락된 장소에서 책을 열어보십시오.

보이지 않던 길이 환하게 보여
애드벌룬 같은 포만감으로 벅차오르게 될 겁니다.

호기심과 도전

배가 불러도 사냥하는 동물은 사람밖에 없습니다. 그만큼 욕심과 쟁취욕이 많은 것이 인간입니다.

신대륙을 발견한 것도 영토를 확장한 것도, 정착한 만족감보다는 끊임없이 저 너머를 꿈꾼 사람들이 있었기 때문입니다.

가까운 별의 궁금증을 열어보기 위해 두드리고, 빛 한 점 없는 바다 속살을 보고 싶어 하는 인간의 호기심으로 탐험은 계속될 것입니다.

이겨내는 당신

바람이 불지 않는다면 노를 저어 나가십시오.
인생은 무한한 것이 아니라 유한한 것입니다.

노를 젓다 보면 기다리는 방향으로 바람은 찾아옵니다.

굳은살이 박인 노 젓는 손마디가 자랑스럽습니다.
바람을 기다리지 않는 전진하는 팔 근육도 갑옷처럼 보입니다.

이번 생을 이겨내는 당신은 진정한 글레디에이터입니다.

치타

아프리카 사바나 초원, 임팔라와 누와 얼룩말이 무리를 지어 대이동하는 광경에 먼저 넋을 빼앗기겠지요.

쉽게 숨통을 끊어놓을 먹이를 찾아 사자와 하이에나가 주변을 어슬렁거립니다. 보는 것만으로 긴장감과 박진감에 심장이 쿵쾅거립니다.

끝없는 평원에서 펼쳐지는 먹이사슬은 생과 사의 일촉즉발입니다. 우리는 일제히 그곳에서 치타라는 육식동물에게 영혼을 빼앗기게 됩니다. 강하고, 빠르고, 무자비하고, 민첩한 힘에 매료됩니다. 치타를 직접 목격한다면 말입니다.

회전목마

회전목마를 타면 음악이
끝날 때까지 내리지 못합니다.
음악은 즐기는 사람들의 몫입니다.

우리네 인생도 거기에서 거기입니다.
다만 멀리 갔다고, 높이 올랐다고 환호성을 질러보지만
그 안에 머무를 뿐입니다.

돌고 도는 회전목마가 보여주는 풍경은 수시로 바뀌지만,

회전목마의 행동반경이 좁다고
자리 배치가 좋지 않다고
결코 불평하지 마십시오.
목마는 옮겨 탈 수 있으며
음악은 곧 끝납니다.

뜻하지 않는 세상의 벽에

가로막힌 세상의 벽 앞에서
의기소침하거나 좌절하게 됩니다.

'영하 3도'에 춥다고 한다면
'영하 4도'보다는 춥지 않다고 들려줍니다.

마음가짐이 중요합니다.
마음에도 근육이 필요합니다.
누구보다도 강인해지십시오.

남을 밟고 올라서는 강인함이 아니라,
배려와 친절로 강인해지시기 바랍니다.

그래서 무소의 뿔처럼 당당하게 전진하면
먼 산 뻐꾸기 울음소리도 들릴 것입니다.

오직 당신

당신에게 누가 '레디 액션'을 외쳐주고 있나요.
당신에게 누가 '컷'을 외쳐주고 있나요.

난관을 헤쳐 갈 사람도
다독여 함께 걸어가자는 사람도

무엇보다 삶을 경영할 사람은
오직 당신입니다.

당신은 당신의 영화 같은 삶을 책임질 감독입니다.
시작과 끝도 당신의 몫입니다.

자, 당신을 위해 레디 액션을 외쳐주세요.
마음에 들지 않으면 컷도 외쳐주세요.

이번 생은 천만을 넘길
대박 영화가 될 것입니다.

생존전략

예매한 입장권을 들고 상영시간을 놓치지 않으려고 뛰어 들어갔지만, 십 분 지각을 하고 말았습니다. 조심스럽게 상영관 문을 열자 이미 불이 꺼져 시야가 캄캄합니다.

어둠 속에서 시야가 열릴 때까지 잠시 선 채로 기다립니다. 밝음에서 어둠으로 건너가는 그 짧은 시간에 허물을 벗고 탈바꿈하는 순간이동의 느낌이 강하게 스며듭니다.

계단을 불안하게 내려가 번호에 맞는 좌석에 앉았을 때 안도감은 성취감과 더불어 찾아옵니다.

어둠 안에서 온몸의 신경세포를 모았던 자신의 생존전략을 기억하십시오. 훗날 난관에 부딪혀도 이겨낼 해답을 스스로 답습한 것입니다.

고도

사뮈엘 베케트의 『고도를 기다리며』 대한 시간입니다. 현대인의 외로운 삶 안에서 인생의 허무함과 개인의 의지에 대한 표현들로 소설은 채워지고 있습니다.

인간적이며 근본적인 실재는 고독이라는 엄청난 무게감에서 기인했다고 합니다. 노예라는 종속적인 의미에서 영원히 벗어날 수 없는 점을 낱낱이 열거하고 있습니다.

우리는 이 시대에서 과연 노예로 살아가고 있는 것은 아닙니까. 일을 해야 하고 자신에게 맡겨진 임무와 책임을 감당해야 합니다. 다람쥐 쳇바퀴 같은 일상에서 새로운 고도를 찾아내는 '챔피언'이 되시길.

버스에 대한 기억

한때 교통수단은 오직 버스였던 적이 있습니다. 중학교 때 눈이 마주친 첫사랑도 콩나물시루 같은 버스 안이었습니다.

버스 안의 열기 때문에 '볼 빨간 사과'처럼 해맑은 얼굴로 서로 눈이 마주쳤습니다. 백만 볼트에 감전된 가슴으로 그날부터 버스를 사랑하게 된 이유가 있었습니다. 이제는 훌쩍 세월이 지나 첫사랑이 궁금하지만 소중한 추억으로 아껴두고 있습니다.

버스정류장을 따라 달리는 시골 버스를 종종 보면 첫사랑의 추억이 버스 어디쯤에 실려 있다고 믿습니다.

안전벨트

신사 숙녀 여러분 우리 인공위성은 대기권 성층권을 빠져나가기 위해 곧 이륙할 것입니다. 객실 승무원의 안전점검에 협조하여 안전벨트를 매주시고, 좌석 등받이를 반듯하게 해주시고, 창가에 있는 승객들은 차광판을 닫을 수 있도록 협조해 주십시오.

우리 인공위성의 목적지는 태양계의 여섯 번째 행성인 토성입니다. 지구의 95배나 크며 수소와 헬륨으로 메탄과 암모니아가 첨가되어 있습니다. 이점 유념하여 산소마스크를 장난으로도 벗지 마십시오.

우리 인공위성의 속도로 계산하면 십삼 년 후에 도착하여 일 년 생활하고 지구에 귀환하게 되면 이십칠 년이 걸릴 겁니다. 토성의 매력은 수많은 얇은 고리들로 이루어져 레코드판처럼 곱게 나열되어 있다는 것입니다.

혹시 지금이라도 토성 여행이 부담스러워 변심을 생각하셨다면, 백번, 천 번, 후회하시게 될 겁니다. 이건 가상현실에 찾아든 최고의 선물이기 때문입니다. 우리 인공위성 이제 이륙합니다. 모두 환호성으로 기쁨과 행운을 즐기십시오.

이번 역은

　　이번 역은 2023년 10월 마지막 날인 단풍 끝 무렵 역입니다. 산책 겸 나들이를 망설인 승객께서는 아쉬워하지 마십시오. 곧 우리 열차는 고즈넉한 풍경 속으로 들어갈 11월 둘레길 역으로 모셔갈 것입니다.

　　내리실 문은 오른쪽입니다. 새벽 산책을 추천 드리며 가실 분은 이번 역에서 내리시기 바랍니다. 내리실 때는 두고 내리는 물건이 없는지 다시 한번 살펴보시기 바랍니다.

　　'오늘의 열차'를 이용해 주서서 대단히 고맙습니다. 공기가 차갑습니다. 안전산책을 기원하며 또 '내일의 열차'를 찾아주십시오. 열차 앞에서 기다리고 있겠습니다.

구덩이

구덩이를 팝니다. 삽날을 세워 최대한 깊이, 넓게 파내려 갑니다. 아무도 없는 산비탈 찾아 자신을 파헤쳐도 좋다며 허락한 곳에서 삽날은 포클레인처럼 파고들어갑니다.

등줄기를 타고 땀이 흐르고, 후두둑 산새도 날았지만 멈출 수 없습니다. 버려야 할 것들을 묻으려 합니다. 그래야 세상 사람들과 발맞춰 살아갈 수 있다고 깨달았습니다.

어떻게 아침이면 눈이 떠지고, 밤이면 잠이 드는지 신기하기만 합니다. 이미 그들의 경쟁상대에서 멀어졌는데도 아쉬움은 나를 놓아주지 않고 있습니다.

늦었다고 생각할 때가 도전할 기회라고 하셨지요. 구덩이에 나태와 무능을 묻고 나면 훨씬 새로워질 각오도 다져봅니다. 긴장하십시오. 혹여 앞지를지도 모를 일입니다.

2부

네모

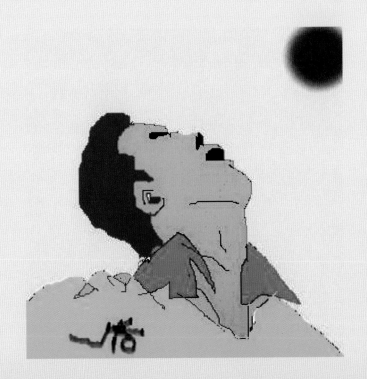

에어포켓

살아있는 뱀으로 술을 담글 때, 술병에 술을 가득 채우지 않으면 술 밖으로 고개를 내밀고 제 꼬리를 잘라 먹으면서 생명을 유지한다고 합니다. 그 짧은 시간을 버틸 수 있는 것은 '에어포켓'입니다.

선박 침몰 시 방출되지 않은 공기가 남아 있는 공간은 밀폐되어 있어서 부피만큼 물이 들어오지 않아 일어나는 현상입니다. 우리 주위에도 에어포켓이 과연 있을까요.

억울하고, 버티기가 힘이 들어 모든 것을 놓아버리고 싶을 때가 있습니다. 누명을 썼거나 오해에 휘말려 숨이 쉬어지지 않을 때가 있습니다.

그때 '에어포켓' 안이라 생각하십시오. 그렇게 생각되면 든든한 응원군을 만났다는 생각에 힘이 절로 날 겁니다. 자신의 꼬리를 뜯어 먹으며 버티다 보면 틀림없이 오해도 풀려 정의가 바로 세워질 겁니다.

단 우리가 뱀이 아닌 인간이라면 말입니다.

이름

혹시 어른 물고기와 어린 물고기 이름이 다르다고 알고 계셨나요? 어찌나 신통방통한지 이름을 짓는데도 고민한 흔적이 역력합니다.

고등어 아기는 고도리, 청어 아기는 굴뚝청어, 잉어 아기는 발강이, 가오리 아기는 간자미, 방어 아기는 마래미, 붕어 아기는 쌀붕어, 누치 아기는 모롱이, 열목어 아기는 팽팽이, 갈치 아기는 풀치 등등, 그 이름들을 되새김질하다 보면 어찌어찌 무릎 칠 일만 생깁니다.

소의 아기는 송아지, 말의 아기는 망아지, 닭의 새끼는 병아리, 개의 새끼는 강아지…

모두 귀엽고 어여쁜 이름입니다. 그렇다면 당신의 아명은 무엇이었나요?

어느 날부턴가 아이였을 적에 바라보이던 시선과 너그러움이 뒤로 물러서고 이제는 냉혹한 전쟁터에서 이리 치이고 저리 치이면서 상처만 무성합니다. 한 번쯤 아장아장 걸어가서 안기던 그 품속의 온기가 그립습니다. 다시 돌아가진 못하겠죠.

현재 진행형

오늘 아침 골목에서 처음 눈 맞춘 게 하늘이었으니 내 마음은 지금 무한한 하늘로 하루 종일 삽니다. 어릴 적 띄운 하늘에 꼬리연을 찾아가도 되고, 무심코 흩뿌린 낙엽의 행방을 물어봐도 됩니다.

사는 것은 마냥 기쁘지 않고, 마냥 슬프지 않아서 다행입니다. 먼 곳에서 찾아온 친구와 밀린 이야기를 나누는 속에서 허전함이 고여 듭니다. 친구의 뒷모습을 보며 어쩌다 한 번씩 만나는 것도 세상의 맛일지 모릅니다.

두루두루 걸어왔던 인생길도 큰길 하나로 묶어두는 만만치 않은 나이에 큰 바위 얼굴 하나 뒷산에 새깁니다. 새기고 난 모습에서 제 얼굴은 찾아볼 수가 없습니다. 그래도 실망하지 않는 이유는 여전히 현재 진행형입니다. 다행이라 속삭입니다.

합계출산율 0.78

레즈비언 부부 김규진(31) 씨가 임신 8개월의 배를 만지며 배우자 김세연(34) 씨와 함박웃음을 지었습니다. 벨기에의 한 난임 병원에서 기증받은 정자로 인공수정에 성공했습니다.

임신과 출산을 생각해 본 적 없던 그녀가 임신을 고민하게 된 건, 프랑스에서 주재원으로 일하면서부터입니다.

'불행은 내 대에서 끊어야 한다'고 생각했던 그녀는 자신이 선택한 가정에서 행복감을 느꼈습니다.
"제가 행복하니, 자녀도 행복할 수 있겠다는 생각을 하게 됐어요. 그리고 무엇보다 언니가 나보다 더 좋은 엄마가 돼 줄 것 같았어요" 라고 세연 씨를 가리켰습니다.

지난달 혼인 여부와 관계없이 시험관 시술과 같은 출산 지원을 받을 수 있도록 하는 내용을 담은 모자보건법 개정안이 발의되었습니다. 참고로 지난해 한국의 합계출산율은 0.78명입니다.

한 남자의 정원에는

한 남자의 정원에는 바람에 실려 온 들꽃과 들풀들이 무수히 자라고 있습니다. 언제든지 방문해도 가지런한 모습으로 정돈되어 있습니다.

단지 남자는 정원을 사랑하기에 들꽃과 들풀들의 튼튼한 '뿌리내림'을 도와줍니다. 길이를 맞춰주고, 색을 조화롭게 배열하여 제 영토인 양 겉돌지 않게 해줍니다.

혹시나 미흡하다고 생각한 빈자리에는 다른 꽃나무를 옮겨다 심어줍니다. 서로의 어깨로 스크럼을 짜듯, 곧 한편이라는 인식을 저마다 갖게 해줍니다.

이것이 한 남자가 가진 리듬이며 감정이며 예술이며 미래일 겁니다. 누가 뭐래도 전 한 남자이기 때문입니다.

학생

학생으로 계속 남아 있으라고 합니다.
배움을 포기하는 순간 폭삭 늙기 시작한다고 합니다.

영원한 학생이고 싶습니다.
듣고 보고 깨달으며 눈이 빛나는
하루의 주인이고 싶습니다.

어느 날, 길을 묻는 젊은이에게
이정표처럼 방향을 제시해 주는
늙지 않는 사람이 되려고 합니다.

이삿짐

5억 년 전 육지로 최초 상륙한 것은 이끼류라 합니다. 점차 생활 터전을 넓히면서 양치류가 상륙해 환경조건을 만들어 확대하기 시작했습니다.

이어서 동물들이 육지에 상륙하여 빠른 진화에 먹이사슬이 형성되어 살아남지 못하면, 도태로 연결되었습니다.

먹이사슬에 따른 운동은 소화 활동을 자유롭게 하는 척추동물의 등장과 함께 포유류, 영장류로 이어지는 인간 출현의 시대를 맞게 되었습니다.

자칭 만물의 영장이라 말하는 인간들이 저지른 환경오염에 의해 지구 온난화는 마지막 경고처럼 찾아왔습니다. 모로코 지진, 리비아 홍수뿐만 아니라 어느 곳도 안전지대가 없어졌습니다. 오백 년쯤 흐른 뒤 다른 별로 이사 가기 위해 이삿짐을 싸야 하지 않을까요? 지금부터 가지고 계신 짐을 줄이십시오.

살 가치

살아온 삶을 돌아보면 때론 힘들었고 뜻밖에 즐거운 어느 날도 떠오릅니다.

삶은 허들 경기와 같아 악착같이 달려서 장애물을 넘지 못하면 항상 뒤처질 뿐이었습니다.

힘들어도 트랙에서 내려서고 싶은 마음은 추호도 없습니다. 고난과 역경 앞에서도 버텨줘서 좋았습니다.

새벽 도로의 물안개도 열리기 직전의 꽃봉오리도 허리끈을 졸라맬 이유가 되어주었습니다.

밋밋한 하루의 나날과 추억으로 반짝 등불을 밝히는 시월, 어느새 몇 해 남지 않은 칠순으로 향한 지금, 겸손과 겸허로 인생의 살 가치를 선물 받았습니다.

굿럭

사색에 잠길 때가 있습니다. 살아온 날의 회고라도 해도 상관없고 살아갈 날의 진지한 다짐이라 해도 상관없습니다.

다만 우리가 처한 상황에서 좀 더 앞으로 나가기 위한 발판이 된다는 가정하에 진지해집시다. 그런 수많은 생각 중에 어떤 생각은 우리를 먼 곳으로 데려갑니다.

별나라이거나, 깊은 땅속이거나 우리의 자유와 상상은 예정된 여행지에서 벗어난 행복한 세계를 펼쳐 보일 것입니다. 오늘 열심히 사색하십시오. 그래서 남들이 가지 않는 그곳에 자신의 이름이 나부끼는 깃발 하나 꽂고 행복과 함께 귀환하십시오.

모범적인 사례

여의도 국회의사당 앞 집회에 참석하기 위해 교사 20만 명, 가족과 일반 시민을 합쳐 40만 명 모였습니다. 교육부가 이들의 집단행동을 불법행위로 엄정하게 대응했지만 교사들은 연가, 병가를 택했습니다.

오늘 집회에 나오기 전 "여러분을 보호해 주지 못하는 찢어진 우산밖에 되지 못해 미안하다"는 응원도 받았습니다. 집회에 참석하는 이유는, 교사라는 이름이 부끄럽지 않도록 제대로 가르치고 싶다는 것입니다.

자체적으로 질서유지 인원 선발해 통제하고 자리 배열 맞춰 앉고, 쓰레기 다 가져가며 집회 시간 연장 없는 모범적인 사례로 질서 정연하게 끝났습니다.

대한민국 시위 문화가 전부 이랬으면, 경찰기동대가 필요 없을 듯, 선생님들의 준법 집회를 응원한다는 댓글이 달렸습니다. 오와 열이 하나도 흐트러짐 없는 집회 사진을 보며 대한민국 미래 집회의 방향계 역할을 한 게 아닌지 왠지 마음이 뿌듯합니다.

희망은

희망은 아무리 작아도 단단하다고 합니다. 살아있는 물고기는 아무리 작아도 물살의 반대 방향으로 나아가려고 사투를 벌인다고 합니다.

살면서 조금은 알 것 같은 그런 날이 있습니다. 물러서고 싶지 않은 오기가 발동하기도 하고, 배려와 순종으로 양보하기도 합니다.

어느 쪽에 맞추는가에 따라 삶의 그래프는 들쑥날쑥 이정표를 바꿔놓기도 합니다. 그렇지만 '최선을 다했는가.' 질문 앞에서 우린 반드시 진지해져야 합니다.

하루를 혹은 한 달 혹은 일 년에 거둬들일 수확의 결정체가 쭉정이 아니면 알맹이기 때문입니다.

큰 각오

"시각을 잃어버린다고 해도 꿈까지 잃어버리는 것은 아니다."
―스티비 원더(Stevie Wonder)

삶은 나침판처럼 늘 방향을 일러주진 않습니다. 결정해야 할 일을 만나면 미래는 두려워집니다.

세상과 맞서기 위해 남보다 더한 노력도, 남보다 더한 운도 따라야 합니다. 그때 시각을 잃어버린 가수의 한 생애를 떠올려 보십시오.

세계적인 가수로 자리 잡은 그의 용기를 기억하십시오. 작은 결심은 큰 결과로 이어져 꿈을 불러옵니다.

푸르러지십시오

해보기 전까지는 불가능해 보였습니다.

각오를 다지며 뛰어들었을 때
자신감을 얻었습니다.

지금 길 나서는 탐험가여.

실패를 두려워하지 않는 도전자여.

무궁무진한 재능을 발견하는 건 당신의 몫입니다.

암컷 사자 '사순'

암컷 사자 '사순'은 푸른 하늘과 푸른 들판을 동경했습니다. 사순이의 몸은 매우 마르고 감금돼 살아온 사육장 안은 시멘트 바닥뿐이었습니다.

어느 날 이십 년 동안 갇혀 살던 쇠창살에서 탈출하여 세상과 만났습니다.

막상 탈출했지만 갈 곳은 없고, 받아줄 곳도 없어 막막했습니다.

목장 바로 옆 숲속에서 가만히 앉아있던 '사순'은 흙바닥 위 나무 그늘에 몸을 뉘어보고 싶었을 것입니다. 그런 '사순'에게 인간은 마취 총도 아닌 사냥총으로 사살하고 말았습니다.

같은 인간이기에 미안하고 안타깝기만 합니다.

치킨 45세트

물놀이를 하다가 의식을 잃은 5세 아이를 구출하여 가슴압박 처
치로 목숨을 살린 김태헌 소방위와 이승준 소방교에게 부모는 감사
의 마음으로 치킨 45세트를 소방서에 전달했습니다.

위기에 빠진 아이에게 신속한 대처를 해준 두 명의 소방관에게 어
떤 마음으로 보답해도 아깝지 않았을 겁니다.

그런 부모의 마음에 보답이라도 하듯, 서부 소방서는 취약계층을
위한 나눔을 제안했고 아동보육시설과 사회복지시설에 해당 간식을
전달했습니다.

먹고 남은 치킨은 퇴근 무렵 한 세트씩 들고 간다는 생각으로 기
사를 읽어 내려가다가 귓불까지 빨개지는 이유는 무엇일까요. 역시
전 하수인가 봅니다.

눈높이 행복

배우 김희애는 이렇게 말했습니다.
"조금 더 공격적으로 제 삶에 집중해서 살고 싶어요."

더 높은 곳으로 오르려는 치열함이 우리가 바라보는 시선에서 빛
날지 모르지만, 정상에 있는 그들의 성취감과 만족감을 깨닫지 못하
는 평범한 사람들의 소소한 행복은 결코 근접하지 못할 겁니다.

우리네 들풀 같은 이 행복들은 바람결을 따라 눕고, 퍼져나가고,
자라나고, 견딥니다.

정상에 있는 삶이 때로 부럽기는 하지만 우리에게 주어지는 눈높
이 행복을 사랑합니다.

파랑새

세상의 순리대로 순한 걸음을 옮겨가면
오늘이 행복해집니다.

마음이 열리지 않으면 결코 무지개를 볼 수 없습니다.

오늘을 잘 살지 않으면 아름다운 내일은 오지 않습니다.

가슴에 파랑새 한 마리 키우십시오.

골든타임

신체의 각 부분에 혈액을 공급해 주는 심장, 심폐소생술은 뇌가 혈액을 공급받지 못해 죽지 않도록 환자의 몸에 충격을 가합니다.

심폐소생술 골든타임은 4분입니다.

지금 꿈꾸던 미래가 혹시 멈춰있는 것은 아닌가요. 몇 번의 좌절과 안이함으로 현실에 만족해 있는 것은 아닌가요. 혹시 심폐소생술이 필요하다면 이젠 자신의 심장을 스스로 두드려봅시다.

영어 단어 한 개, 한 편의 시, 한쪽의 책갈피를 넘겨보는 일상 속으로 들어가 봅시다. 온화한 얼굴로 변해갈 겁니다.

나이보다 젊게

첫째는 물을 자주 마셔야 합니다.

하루 6~8컵 가량 물을 충분히 마셔주는 것이 신진대사와 노폐물 분비를 촉진해 다이어트에도 좋습니다.

둘째는 바르게 걸어야 합니다.

걷기는 만병통치약이라고 할 정도로 당뇨, 고혈압, 심장병 등 성인병의 80퍼센트를 예방할 수 있습니다. 걸으면 뇌세포가 활성화되면서 스트레스도 사라집니다.

셋째는 소리 내어 웃으십시오.

가까운 사람끼리 나누는 칭찬과 웃음은 어떤 보약보다 건강에 이롭습니다.

넷째는 수면입니다.

상쾌하게 하루를 시작하고 창조적인 생활을 하려면 반드시 하루 8시간 정도의 잠을 자야 합니다.

다섯째는 힘껏 사랑하십시오.

평생 살면서 사랑하는 것 한 가지만 있어도 증오의 감정이 싹틀 수가 없습니다. 사랑하는 것이 있으면 모든 것이 신나기 때문입니다.

밤낚시

오래전 삶의 굴곡 앞에서 한동안 몸을 웅크린 적이 있습니다. 다시 도약하기 위한 '웅크림'은 낚싯대를 쥐여주면서 기회를 엿보라 속삭였습니다.

그 당시 수성 못에서 밤낚시를 즐겼습니다. 지금 생각하니 어둠 속에 잠긴 수성 못은 금방이라도 검은손이 불쑥 올라와 물속으로 끌고 갈 것 같은 공포가 있었습니다.

두려움보다는 한심한 젊은 날을 담금질해 가며 자아를 찾고 싶은 간절함이 앞섰던 때입니다.

낚시와 인생은 기다림이라는 말이 생각납니다.

사람 구별하기

사람을 제대로 보는 방법을 알고 계신가요?
누군가 물어왔습니다.

얼굴에는 내력, 성격, 환경이 조금씩 드러나 있습니다. 몸짓과 목소리와 언어 구사력에도 짐작할 수 있는 한 사람의 생애가 녹아있습니다.

그러나 지금은 사이코패스가 저지르는 살인과 폭력을 마주치면서도 그들을 알아차리지 못합니다.

차라리 맞설 수 없다면 그들과 엮이지 않았으면 하는 생각으로 씁쓸한 미소를 짓게 합니다.

밥에 섞인 돌이 씹히더라도 돌보다는 쌀이 훨씬 많기에 우린 어울려 살아갑니다.

팍상한 폭포

　필리핀 '팍상한 폭포' 투어를 몇몇 지인과 다녀온 적이 있습니다.
헬멧을 쓰고, 옆으로 심하게 요동치는 보트에 균형을 맞춰 물살을
헤치며 앞으로 나아갔습니다.

　자연 그대로에 둘러싸인 좁은 강폭을 따라가면서 사공들은 수심
이 낮은 곳을 발로 힘들게 밀면서 전진합니다. '극한직업'에 나올 법
한 힘든 상황에 앉아서 가는 내내 조금은 미안했습니다.

　수심이 낮고 유속이 빨라서 보트에 물이 흥건하게 들어와 비명을
지르기도 하지만 사공은 멈추지 않습니다. 승객을 무사히 목적지까
지 데려다주어야 하기 때문입니다.

　'팍상한 폭포'에 도착한 사공은 파김치가 되어 한숨을 돌리며 휴
식을 취했습니다. 폭포 안까지 투어에 포함되어 있어서 준비된 뗏목을
타고 밧줄을 당겨 안으로 들어왔을 때 비밀공간처럼 작은 동굴이 있
었습니다. 물살을 타고 온 우리에게 삶의 희로애락을 보여주는 느낌을
받았습니다. 돌아갈 때도 사공의 거친 호흡은 멈추지 않았습니다.

한국에 돌아와 아무리 심한 일을 하더라도 결코 투정하지 않았
습니다.

숨어있는 1인치

숨어있는 1인치를 찾습니다.

램프를 문지르면 요정 '지니'가 등장합니다.
"부르셨습니까? 주인님"
"내가 몰랐던 예술적 재능을 활력소로 삼고 싶다."

가슴속 깊숙이 숨어있는
자신의 능력과 창의를 깨워줄
숨어있는 1인치를 발견하여 내내 행복하십시오.

고급 유머

늘 이맘때는 아쉬움과 기대감으로 뭔가 뇌관을 건드릴 웃음 포인트를 만났으면 했습니다.

헬무트 콜 전 독일 총리는 정원을 청소하다가 수류탄 세 개를 줍게 됩니다. 아내와 함께 수류탄을 경찰서로 가져가던 길에 아내가 걱정스럽게 말했습니다.

"여보, 수류탄이 쾅 터지면 어떡하죠?"
콜이 대답했습니다.
"걱정하지 마세요. 경찰에게 두 개만 주웠다고 말할 테니까."

여유 있는 유머를 장착한 발돋움으로 행복해지십시오. 자신의 가치에 집중하는 모습으로 평가받게 될 겁니다.

목요일

제과점 앞에서 저는 좀처럼 발걸음을 뗄 수가 없었습니다.

방금 오븐에서 빠져나온 뜨거운 식빵들이 저를 유혹하고 있었습니다.

알맞은 맛에, 알맞은 냄새로 무장한 식빵들이 진열된 제과점은 동화처럼 설렜습니다.

누군가에게 갓 구운 식빵처럼 맛있는 사람이었으면 좋겠습니다.

서로의 이야기를 나눌 수 있는 우리들만의 '의미'가 되었으면 좋겠습니다.

오늘은 목요일이고 주말까지는 며칠이 더 남았습니다.

웃는 자신

겉모습의 나이는 세월이 정하지만
마음속의 나이는 자신이 정합니다.

세월에 책임질 나이는 사십 세 이후라 합니다.

긍정적이고 선한 마음이 얼굴의 평가 기준이 될 수 있습니다.
재력가라 해도 재물로 행복한 얼굴이 만들어지지 않습니다.

자, 웃을 일이 없어도 소리 내어 웃는 자신을
오늘, 만나보십시오.
그리고 밝은 표정으로 세상을 바라보십시오.

중국의 의외성

일명 '돌 볶음 요리'라 불리는 음식 앞에서 우리는 놀라지 않을 수 없습니다.

노점상은 철판에 자갈을 올려 달군 뒤 자갈 위에 칠리소스로 보이는 액체를 붓고 그 위에 마늘과 다진 고추를 섞어 함께 볶습니다.

그런 다음 상인은 손바닥 크기만 한 상자에 16위안(약 2,900원) 정도의 돌 요리를 담아 손님에게 건넵니다. 건네받은 돌을 입 안에 넣고 양념을 맛본 다음 다시 뱉어야 합니다. 돌은 재사용되기도 한답니다.

여기까지 읽다 보면 속이 메슥거리지만 중국이기에 가능하다는 결론에 이릅니다. 혀를 내두를 기상천외한 중국, 어디까지 알고 계십니까?

101층 빌딩

십 년 전인가 타이완의 심장 타이베이에 갈 기회가 생겼습니다. 지인은 101층 빌딩 전망대를 강력 추천해 주었습니다.

일정이 빡빡했지만, 하루를 연장해서 101층 전망대에 올랐습니다. 기네스북에 등재된 엘리베이터는 5층에서 89층까지 37초에 주파했습니다.

전망대에서 세상을 바라보면서, 스스로 작고 미미한 존재라는 것을 확인해 주었습니다. 거대한 추와 추를 매단 660톤 윈드댐퍼가 눈길을 사로잡았습니다. 지진이나 태풍에 버티게 해주는 장치로, 마음속 어딘가에 저런 추하나 달아서 세상 풍파에 요동치지 않게 버티고 싶었습니다.

건강

병든 황제보다 건강한 구두 수선공이 더 행복하다는 말이 있습니다. 젊을 때는 그대로 살아진다고 생각하고, 건강은 뒷전인 채 독불장군으로 살아왔습니다.

육십을 넘기고 칠십을 향해 가는 세월에 맞닥뜨렸을 때 비로소 건강의 중요성에 눈을 뜨게 되었습니다. 친구들의 모임 자리에서 절실하게 다가오는 '살아있음'의 기쁨이 건강의 힘이었습니다.

건강해야만 주관적인 인생을 경영할 자격을 얻게 됩니다.

하루하루

일찍 일어나도 피곤하지 않은 '아침형 인간'이라면 네안데르탈인 유전자 물려받았을 가능성이 크다고 합니다. 근거 있는 연구 결과라 해도 세상을 살아가는 현대인들에겐 적합한 근거인지 의문이 갑니다.

곧 아침형 인간과 저녁형 인간은 '먹이 구하기'에 의해 본질적인 유전자가 바뀔 가능성이 큽니다. 그만큼 적응해야 하고, 살아남아야 하고, 의식주를 해결하기 위해 동분서주해야 하는 고달픔에 이르게 됩니다.

더구나 한 집안의 가장은 생활전선에서 자신의 몸이 피곤한지 피곤치 않은지 중요하지 않습니다. 아침형 인간도 저녁형 인간으로 만들어 버리는 현재의 노동 강도에 맞춰져 하루하루를 살아갈 뿐입니다.

AI로 소환

몇 해 전 AI로 소환된 고 김광석 가수와 박윤배 배우가 생전 자신의 모습과 음성을 들려준 적이 있습니다. 보는 몇몇은 놀라워했고 무섭다고 눈을 피하는 사람도 있었습니다.

이러한 기술이 상용화되었을 때 고인의 삶이 사실이 아닌 과장으로 포장하려는 우려도 발생하게 되고 윤리적으로 문제가 될 소지가 있습니다.

예를 들어 추모 행위가 지속되다 보면 유가족을 과거에 머물게 하고 슬픔과 고통이 오히려 증가할 수 있습니다. 이 때문에 AI기술은 치료 목적만으로 사용될 것을 제안합니다.

이매탈

하회탈에는 할미, 양반, 선비, 백정, 중, 이매탈이 있습니다. 가장 인상적인 탈은 네 발 가진 도깨비탈 이매입니다.

절름발이가 되어 관객을 웃기는 바보 역할이며, 유식한 사대부와 대조되는 무식하고 어리석은 하인으로 설정되어 있습니다. 더욱 충격적인 것은 코끝이 떨어져 나가고 턱도 없는 흉한 탈이라는 점입니다.

그런 이매탈이 주눅 들지 않고 몸도 사리지 않고 양반과 선비의 엉덩이를 걷어찬다는 것입니다. 이제껏 눌려있던 자신을 가감 없이 보여주며, 탈을 쓰고 호령한다는 것입니다. 정말 그랬으면 좋겠습니다.

사계절에 삽질하며

거친 땅속을 뚫고 나온
새싹 대궁처럼

환호하는 봄은
여름으로 넘어가

질긴 산 그림자
눈물 없는 매미 울음이 되어

가을로 가자든
그대 억새풀은

바람 끝에서 멈췄습니다.

그래도 겨울에 당도했다면
눈밭을 헤매는

산토끼 언 발바닥으로 살고 지고

이필희 할머니

이필희(85) 할머니는 손편지와 빈 병을 주워 마련한 30만 원을 들고 복지센터를 방문했습니다. 할머니의 맞춤법이 틀린 손편지를 읽으면서 울컥 슬픔이 고여 드는 이유는 무엇일까요.

내 나이 팔십 다섯 마주막 인생을 살면서 조훈 일 한번도 못 해보고, 남에 옷 만날 어더 입고 살아 완는대, 나도 이재 인생 길 마주막에 조훈 일 한번 하는 개 원이라

바쁘다는 핑계로 주변을 돌아보거나 챙길 사이도 없이 허겁지겁 살아왔지만 보람된 날은 손꼽아 봐도 며칠 되지 않는 것 같습니다. 그렇다면 쉬엄쉬엄 살아가도 더불어 살아가는 쪽을 택하는 것이 옳은 앞길이 아닐까요.

제2수족

호모 모빌리쿠스(Homo Mobilicus)는 휴대폰이 생활의 일부가 된 현대의 새로운 인간형을 말합니다.

휴대폰과 함께하는 삶을, 제2의 수족이라고 하는 이유를 저부터 느끼고 있습니다.

이제 휴대폰으로부터 자유로워지는 시간을 한 시간만이라도 지켜보세요.

한때 광고 문구가 생각납니다.
"잠시 꺼두셔도 좋습니다."

시골 장

　살다 보면 뭔가 가슴이 답답할 때가 있습니다. 그러면 만사 제쳐 두고 시골 장을 찾습니다. 5일장의 볼거리는 바로 사람입니다.

　5일장을 기웃거리다 보면 사람 냄새에 흠뻑 취하게 됩니다. 나물 파는 할머니의 좌판에서 봄을 만나고, 어물전의 비린내에서 바다를 만나고, 국밥집 깍두기 냄새에 사람을 만납니다.

　이처럼 우리 주변에서 씩씩하게 살아가는 이웃이 있어 삶의 배터리를 충전하고 돌아옵니다.

늙은 주인

젊은 날 꿈 꾼 미래와
지금 꾸는 미래가 크기가 다릅니다.

아침이면 햇살이
다투어 들어오는 통나무집에서

늙어가는 것을 두려워하지 않고
착하게 늙어가며
정원을 방문하는 벌이랑 나비랑 잠자리랑 귀뚜라미랑

귀한 손님으로
맞이해주고 싶습니다.

낮은 담장을 가진
정원의 늙은 주인이고 싶습니다.

박무택 대원

박무택 대원에게 '소영'이 있었습니다. 엄홍길 대장은 실종신고를 접하고 젊은 영혼을 찾아 히말라야로 갔습니다.

시신을 찾은 그의 품속에서 꺼낸 편지 한 구절

"산에 올라가는 이유도, 산에서 내려가는 이유도 너뿐이었다. 소영아, 우리 다시 만나자."

하나의 삶이 다른 삶과 만나 시너지를 발할 때 진정한 '묶음'이 되나 봅니다. 생의 끝자락에서 떠올린 박무택 대원과 '소영'은 다음 세상에서 다시 만나기를 소망해 봅니다.

비틀거리지 않는다면

우리 이렇게 약속하기로 해요. 넘어지면 쉬어간다는 마음으로 부끄럽다거나 초조해하지 않기로 말입니다.

무수한 장애물과 방지턱을 뛰어넘어야 할 때가 있습니다. 뛰어넘을 자신감이 앞섰는데, 생각지 않은 높이에 걸려 넘어지기도 합니다.

어떻게 대처하고 어떻게 이겨내는지 오롯이 자신의 몫입니다. 크게 상처 입어 비틀거리지 않는다면 기회는 공평하게 찾아옵니다.

실패를 재기의 발판을 삼는다면 행복도 보장받게 될 것입니다.

3부

세모

불

    문명의 시작이었고 숭배의 대상이었던 불은 친근하게 자리 잡기 시작했습니다. 어둠을 몰아낸 불이 있기에 인류는 발전을 거듭했습니다.

    인간만이 불을 두려워하지 않고 그것을 활용하는 수단과 도구의 영장류가 되었습니다. 안타까운 것은 자살의 수단으로 분신을 하거나 살해의 흔적을 지우기 위해 방화를 하는 기사를 더러 접하게 됩니다.

    젊은 날, 모닥불 앞에서 노래했던 빛과 따뜻함의 온기를 다시 품어 보십시오. 삶의 향기가 훅 다가옵니다.

축배

무지개를 찾아 떠났던 소년이
노인이 되어 집으로 돌아왔을 때
그토록 찾던 무지개는 집에 있었습니다.

백마를 탄 왕자님도
잠자는 숲속의 공주님도
마음먹기에 따라 등장하고 사라질 뿐입니다.

바쁜 일상을 잠시 접어두고
주위의 풍경을 감상해 보십시오.

볼만한 경치가 가까이 펼쳐져 있다는 것을
곧 알게 됩니다.

이제 자신을 위해 축배를 들 시간입니다.

약속

7년 전에 한 단체를 맡아 5년 동안 운영한 적이 있습니다. 다른 건 몰라도 시간관념 하나는 철저했기에 회원들은 모임 시간을 회장에게 맞춰주려는 노력이 보였습니다.

내가 늦으면 남의 시간을 뺏는 것이라는, '바른생활 사나이' 틀에 갇혀 몇 분이라도 늦어지면 스스로 조급해져 전화로 오 분쯤 늦는 이유를 전달하곤 했습니다.

약속은 마땅히 지켜야 할 마지노선이고 바른 인성의 첫걸음이라 생각합니다. 약속에 관한 확신이 자명해지는 이유입니다.

코이

대정부 질문에서 '코이'라는 물고기는 작은 어항에서 10*cm*를 넘지 않지만 수족관에서는 30*cm*, 강물에서는 1m가 넘게, 환경에 따라 성장 크기가 달라진다고 했습니다.

김예지 의원은 시각장애인 피아니스트 출신으로 21대 비례대표 11번으로 국회에 입성했습니다. 그녀의 연설을 들은 의원들은 여야를 막론하고 아낌없는 박수를 보냈습니다.

우리도 멀리 바라보는 시선과 생각을 갖추려면 먼저 가까운 곳에 있는 책을 펼쳐보는 것입니다. 더 넓은 곳을 나가기 위한 몸집 부풀리기의 수순입니다. 왜냐하면 우리는 '코이'라는 물고기이기 때문입니다.

채점자

실패한 삶인가, 성공한 삶인가
물음 앞에 선 '내'가 보입니다.

인생은 정답이 없습니다.

비겁하지 않게 삶을 경영한
결과가 있다면
내심 후한 점수를 주셔도 됩니다.

채점자는 자신이기에
너무 박한 점수로
결코 우울해하실 필요는 없습니다.

작은 우주의 삼라만상이
내 안에서 끊임없이 만들어진다는
사실에 주목하십시오.

첫마디

아기의 첫마디를 기다립니다. 엄마라고 하는지 아빠라고 하는지, 은근히 내기까지 걸면서 자신을 불러주기를 기다립니다. 그러다가 호명된 부모 중 누군가는 환호하며, 뿌듯한 존재감을 확인합니다.

대부분 '엄마'가 승리하는 경우가 많지만 분명하지 않은 발음으로 옹알이할 때 '아빠'라고 들었다며 부득부득 우기기도 합니다.

오늘 아침 첫마디가 뭐였나요? 가급적 기분 좋고 산뜻한 출발 신호로 이렇게 중얼거립니다.

"아, 행복해." 그렇게 하면 밤새 웅크리고 있던 행복도, 멀리 갔던 행복도, 망설이고 있던 행복도 신기하게 찾아옵니다.
아기의 첫마디처럼 행복이 귀를 쫑긋 세워 듣고 있습니다.

국기 착용

미국 내셔널 풋볼 리그에서 한국계 선수들이 성조기와 함께 태극기를 달고 출전해 팬들의 흥미를 자극할 경기가 성사되었습니다. 미국 국기가 아닌 타국의 국기 착용을 허락한 것은 역사상 처음입니다.

한국계 미국인 선수들은 카일리 머리, 샘 호웰, 구영회, 루크 와텐버그, 네 명의 선수들이 각자의 팀에서 혈통의 자부심으로 경기에 임했습니다.

주전 쿼터백 카일러 머리는 성조기 옆에 태극기를 단 헬멧을 쓰고 뛰었습니다. "내 헬멧에 태극기를 달고 뛰는 내가 자랑스럽다" 말하는 그를 보며 '애국'에서 비껴간 마음을 다시 불러봅니다. 아 대한민국!

방음벽

　방음벽으로 소음을 차단하려 했는데 새들이 빈번하게 충돌하여 생명을 빼앗기고 있습니다. 새들에게 어디든 날아다니도록 허락되었지만, 그마저 순탄하지 않습니다.

　새들은 오늘도 자유로운 비상을 꿈꿉니다. 이 글은 새들을 죽이지 말자는 이유에서 시작합니다. 새들에게 투명한 방음벽을 인지할 그 무엇이 필요합니다.

　도안을 넣어 미적 감각을 살리면서 새들의 접근을 차단하는 방지책이 필요합니다. 소음보다 더 무서운 것이 생명을 죽이는 일이기 때문입니다.

초등학교 동창생

　　고속도로 터널 안에서 고속버스가 앞서가던 승합차를 들이받아 4명이 숨지고 9명이 다쳤습니다. 승합차에 타고 있던 이들은 초등학교 동창생들로 주말 나들이를 가는 중이었다고 합니다.

　　이 기사를 접하면서 같은 날, 같은 시간에 유명을 달리한 동창생들의 운명적인 죽음에 대해 생각하지 않을 수 없습니다.

　　초등학교 입학식에서부터 인연은 시작되고 졸업해도 마음은 이어져 언제나 변치 않는 우정으로 똘똘 뭉쳤을 겁니다. 모년 모월 모시에 죽음을 함께 할 만큼 말입니다.

주석중 교수

"어떤 상황에서도 환자들을 위해 최선을 다했으니, 하늘에서는 응급 콜에 깨는 일 없이 편안하시길 바란다."며 추도사에 비통한 마음을 전했습니다.

고(故) 주석중(59) 서울아산병원 심장혈관흉부외과의는 지난 16일 인근 도로에서 자전거를 타고 가다, 우회전하던 덤프트럭에 치여 세상을 떠났습니다. 그의 사망 소식에 온라인에서는 애도의 물결이 이어지기도 했습니다.

유능한 의사의 비극은 더 많은 사람을 살릴 기회를 잃게 만듭니다. 한 사람의 부주의에 의한 죽음은 단지 죽음 자체가 아니라 주석중 교수의 집도를 기다리던 절박한 환자들의 안타까움으로 무게를 더하고 있습니다.

행복지수

톰 행크스 배우는 하버드 졸업식에서 "공부하거나 도서관도 가지 않았지만, 그렇게 했던 인물의 연기를 하면서 아주 잘살고 있다" 말해 좌중을 웃음바다로 만들기도 했습니다.

세상을 살면서 자신에게 주어진 일(직업)에 대한 보람과 만족감을 느낄 때가 있습니다. 반대로 실망과 좌절로 후회할 때가 있습니다.

어차피 벗어날 수 없다면,
어느 쪽에 마음을 올려두느냐에 따라 행복지수도 결정될 겁니다.

오늘 만난 동료와 직장에서 보낸 시간을 즐거워하십시오. 그들이 있기에 '내'가 빛나는 것입니다.

응원

세상에, 초겨울 빗줄기 좀 보소. 동절기 한 철을 뛰어넘기 위해 꾸준하고 굵은 빗줄기가 산 아래를 적시네요.

빗방울에 담긴 그 목소리 봄을 부르고, 처마 끝에 그 목소리 새싹을 부르고, 목청껏 부르는 그 목소리 종달새를 부릅니다. 아무도 대답하지 마세요.

그러다가 계절을 뛰어넘은 봄이 올까 염려됩니다. 창가를 다녀가는 그 목소리로 살게 하세요. 우산 속 그 목소리로 지친 어깨를 두드리도록 응원해 주세요.

김봉학 일병

김봉학 일병은 1950년 6·25전쟁 발발 뒤 국군 제5사단에 배치, 1951년 9월 5일 '피의 능선 전투'에서 27세 나이로 전사했습니다.

유해 발굴 감식단에 의해 73년 만에 가족 품으로 돌아온 김일병이 떠날 때 갓난아이였던 딸이 초로의 나이가 되어 아버지 뼈를 얼싸안았습니다.

태어나 이 땅에 살았고, 죽어서 이 땅에 묻힐 산천은 계절을 넘기면서 더욱 깊어지고 있습니다. 인간의 애환 또한 어쩌지 못한 산 너머 메아리로 달려가 돌아올 적 뻐꾸기 울음이 되나 봅니다.

찬 기운

고속도로에 반 자율주행 차량을 운행하면서 뒷좌석에 앉아 촬영한 영상이 뉴스를 탔습니다. 반 자율주행 차량은 반드시 운전석에 앉아 운행해야 하는데 위험하기 짝이 없는 행동으로, 관심을 끌고 싶은 마음이 컸는가 봅니다.

얼마 전에 로봇 작업 현장에서 사람을 종이박스로 인식한 로봇은 사람을 묶어 짐짝처럼 다루었습니다. 물론 작업자는 사망에 이르게 되었습니다. AI의 약진으로 편해진 만큼 위험 요소가 곳곳에서 드러나고 있습니다.

인간의 감성과 눈물과 추억은 삶의 촉진제이며 만물의 영장임을 증명하게 됩니다. 학교 급식실에도 조리로봇이 급식을 만들어 내는 학교도 등장했습니다. 어머니 손맛은 뒷전이 되고 말았습니다. 겨울이라는 계절 때문인지 삭막하고 찬 기운이 감지됩니다.

영역확보

남자들은 팔목이 굵은 사람을 만나게 되면 팔씨름을 하고 싶다는 마음을 앞세우게 됩니다. 자라면서 힘자랑으로 동네를 평정했다면 두말없이 거기에 해당합니다.

힘자랑은 종족을 퍼뜨리기 위한 하나의 수단으로 덩치를 키우는 근육의 시작점이 되기도 합니다. 전투적이거나 땅따먹기 같은 영역확보가 남자들의 혈관 속에 모두 흐르고 있습니다.

한때 "한 뚝배기 하실래요." 방송인 로버트 할리의 농심 광고 한마디로 전국구 스타가 된 적이 있습니다. "한 팔뚝 하실래요." 그렇게 힘자랑할 야성적인 남자로 거듭나십시오. 여자도 말리지 않습니다. 바로 건강과 어깨동무하는 행복 포인트이니까요.

깨달음

영화 '선생 김봉두' 중에서
"제가 아이들을 가르친 게 아니라 아이들이 저를 가르쳤습니다."

보도블록을 따라 걷다가 문득 틈새로 비집고 나온 풀꽃을 만났습니다. 척박한 땅에 뿌리를 내리고 바닥에 납작 엎드린 자세에서 삶을 배웁니다.

주변에서 흔히 마주치는 풀꽃 하나도 우리의 스승입니다.

나를 경영하다

여행은 새로움을 추구하는
행운의 네잎클로버입니다.

예측불허의 만남을 기대하며 떠난 여행

가까운 곳도 먼 곳도
여행은 더불어 사는 세상을 힘껏 가르쳐 줄 겁니다.

돌아오는 주말에 떠나십시오.
일상에 갇힌 스트레스에서 해방되십시오.

자신의 삶은
자신이 만들어가는 것입니다.

패기

111년 전 침몰한 여객선 타이태닉호의 잔해를 보려는 심해 잠수정
'타이탄'의 탑승자 5명이 전원 사망으로 밝혀졌습니다.

이 잠수정에는 오션게이트 익스페디션 최고 경영자와 영국 국적의 억만장자, 해양 전문가, 파키스탄 재벌과 아들이 타고 있었습니다.

평범한 소시민의 생각으로 비좁고 열악하기 짝이 없는 잠수정에 왜 승선할까 하는 의문이 남습니다.

바꿔 생각해 보면 그들의 모험과 탐험과 도전과 열정으로 이제껏 승승장구하지 않았을까요. 잘못된 선택으로 생을 마감했지만 이런 패기를 가진 또 다른 누군가는 잠수정보다 더 못한 조건에도 두려워하지 않고 도전하리라 믿습니다.

합격 여부

합격 여부를 확인하시려면 본인의 수험번호 13자리를 눌러주세요. 이 멘트를 기억하시죠. 인생의 승패를 결정짓는 발표 날, 어떻게 잠을 잤는지 잠을 설쳤는지 몽롱한 가운데 숨죽여 수험번호를 눌러봅니다.

기대에 찬 합격과 죽을 맛인 불합격의 갈림길에서 운도 따라주어야 한다는 것을 믿으며 지푸라기라도 잡고 싶은 심정이 되고 맙니다.

하늘에 계신 아버지여, 오늘날 우리에게 일용할 양식을 주옵시고, 아버지께 아멘. 언제 적 외운 주기도문인지 애써 중얼거려 보기도 합니다. 합격은 세상으로 당당하게 나갈 첫걸음이기에 반드시 결과물을 받아들여야 합니다. 꼭 무슨 시험이든지 후련하게 합격하십시오.

바닐라

1994년 태어나, 뉴욕의 영장류 실험 연구소의 좁은 철장에서만 지낸 침팬지 '바닐라'는 실내 우리 안에서 구조되어 침팬지 보호구역으로 옮겨졌습니다.

29년간 갇혀 살던 '바닐라'는 보호구역에서 생활하던 침팬지와 반갑다는 듯 포옹했습니다. 그리고 하늘을 올려다봤습니다. 신기한 듯 한참을 쳐다보다 이내 잔디밭 이곳저곳을 돌아다녔습니다.

'바닐라'는 생애 처음으로 탁 트인 하늘을 올려다보며 '아, 이것이 진정한 세상이구나.' 느꼈을 겁니다. 이제껏 실험실 안의 '바닐라'에게 정녕 높고 푸른 하늘은, 펼쳐놓은 신세계일 겁니다.

바닐라의 남은 생애는 이제부터 시작입니다.

어쩌면 길든 쇠창살보다 살아보지 못한 세상이 더 두려울지도 모르겠지만.

새

　새들도 마지막에는 땅으로 내려옵니다. 가고 싶은 방향으로 날갯짓하던 창공을 두고, 기력이 다한 모습으로 추락하는 한 생애가 거친 숨을 몰아쉽니다.

　용서하소서. 둥지에서 날아오르던 청춘이었을 적에 산과 들과 강도 단지 내려다보았습니다. 달빛 속의 바다와 햇살 속의 바다도 앞길을 가로막지 못했습니다. 그렇게 교만한 날갯짓으로 날아올랐습니다.

　창공과 친구가 되고 별똥별과 친구가 되어 한 생애를 둠바둠바 날갯짓하며 남부럽지 않게 살았습니다. 이제 땅의 찬 기온으로 날개를 접어 세상 안에서 빠져나가려 합니다. 부디 새들을 기억해주소서.

진주

바닷속 조개는 살 속으로 파고드는 모래알을 묵묵히 견뎌냅니다. 그렇게 자신의 아픔을 '진주'라는 보석으로 인간에게 돌려줍니다.

서양에서 시집가는 딸에게 '진주' 선물은 '얼어붙은 눈물(Frozen Tears)'이라고 부릅니다. 딸이 시집살이에서 고통을 이겨내고 아름다운 진주가 된 것처럼 잘 참고 견뎌내라는 뜻이 들어있다고 합니다.

주변에도 진주를 품고 있는 이웃이 살고 있습니다. 늘 변함없이 온화한 미소로 반겨주는 그 사람은 은은한 빛을 지니고 있습니다. 마치 귀한 진주를 보는 듯합니다.

거울

거울은 먼저 웃지 않습니다. 거울은 보이는 그대로를 말해주는 '진실의 방'입니다. 웃고 싶지 않은 얼굴을 웃도록 강요하지 마십시오.

거울은, 사기범 전창조가 남현희에게 준 공갈 임신 테스트기처럼 물만 닿아도 두 줄이 나오는 그런 만만한 구석은 찾아볼 수가 없습니다. 오직 보는 사람의 마음을 훤히 읽어냅니다.

인간의 표정과 숨겨둔 속마음까지 고스란히 비춰주는 거울은 결코 거짓말을 하지 못합니다. 때로는 훤히 드러난 진실이 두렵기도 합니다.

매미

매미의 일주일은 한세상이기에, 그 한세상을 만들기 위한 어두운 땅속 칠 년은 얼마나 기대되고 설레고 두려웠겠습니까.

매미가 날개를 얻으려면 탈피의 과정을 거쳐야 합니다. 하늘을 얻기 위해 천적을 피해 어두운 밤에 나무를 기어오릅니다.

주변이 밝아지면 울기 시작합니다. 짧은 생, 그동안 짝을 만나고 돌아가야 합니다.

만약 인간의 허물을 벗고 매미가 된다면, 그리 불행하지 않을 것 같습니다. 인간들이 아침부터 어두워질 때까지 쉬지 않고 일하는 것처럼 뜨겁게 한 생애를 마감해도 울음을 노래라고 생각하면 말이지요.

순풍에 돛단 듯

누군가를 미워하면 자신이 힘들어집니다.

삶은 여전히 닻을 내리고
돛을 올리기도 하면서
거센 풍랑을 건너가야 합니다.

누군가를 사랑한 만큼
건강해진 일상으로
거센 풍랑과 당당히 맞서십시오.
그러면 항해가 순조로울 것입니다.

하리 붓다 마가르

'하리 붓다 마가르'는 네팔 출신의 용병으로
아프가니스탄 전쟁에서
두 다리를 잃었습니다.

그의 굳건한 신념과 목표가 최초로 두 다리 없이, 세계에서 가장
높은 에베레스트 정상에 오르게 했습니다.

"제게 한계는 없습니다. 하늘만이 한계일 뿐입니다."

새로운 좌표를 표본 삼아 스스로 나약해지는 자신의 의지를 다
잡아봅니다.

모기에 대한 보고서

세상에 불필요한 생명체라 알려진 모기를 연구한 결과 놀라운 사실을 발견하게 되었습니다.

모기가 없으면 초콜릿을 먹을 수 없다고 합니다. 카카오 꽃가루를 운반하여 수분을 매개하는 곤충이 모기이기 때문입니다.

카카오 꽃은 매우 작고 구조가 복잡합니다. 따라서 3mm가 채 되지 않는 모기만 꽃 속으로 침투할 수 있습니다. 모기가 카카오 꽃의 꽃가루를 확산시켜 주지 않는다면 카카오 열매 자체가 멸종해 수확할 수 없다고 합니다.

수십 세기를 거쳐 세상이 여기까지 온 까닭은, 불필요한 생명체가 존재하지 않는 데서 해답을 얻을 수 있습니다. 오늘 내 팔을 물은 모기에게 "미안해" 속삭이면서 덜 아프게 두드려 잡았습니다.

몽골 대평원

한번은 몽골 대평원에 다녀올 일행 속에 운 좋게 끼여 동행을 한 적이 있습니다. 말을 타고 초원 곳곳을 누비는 칭기즈칸의 후예들을 바라보며 사나이의 기상을 온몸으로 느꼈습니다.

문화 혜택은 철저히 배제되었지만 삶의 만족도는 최상이라는 말에 고개를 갸웃거렸습니다. 알고 보면 우리는 너무 많은 걱정거리를, 너무 많은 기대감을 산더미처럼 쌓아놓고 살아간 것은 아니었는지, 그러면서 투정과 불만으로 하루를 보낸 것은 아니었는지,

유목민의 땅을 밟으며 여행하는 매력은 충분히 야성적이고 이국적인 기운이 곳곳에 스며들기 때문입니다. 곧 건강한 신체와 강인한 정신은, 기대도 걱정도 하루치만 하는 삶의 만족도와 연결되었다고 믿게 되었습니다.

내 것

"우리가 가는 길은 쉬운 길이 아니에요. 길의 끝에 다다르기도 하고 막다른 골목을 만나기도 합니다. 하지만 인생은 변한다는 것을 항상 기억해야 해요. 그 변화는 누구에게나 일어날 수 있거든요. 희망을 버리지 마세요." ─폴 포츠(Paul potts)

살다 보면 수많은 장벽이 가고자 하는 길을 방해를 하고 있습니다. 막상 부딪치면 힘들고 아득할 수 있습니다. 중요한 것은 쉽게 포기하거나 좌절하진 마십시오.

자신이 포기한 만큼 대열에서 뒤처지고 맙니다. 거대한 파도는 꼬리를 물지 않습니다. 강약의 파도를 타고 한 번쯤은 인생의 파도타기를 즐기는 서핑의 묘기를 '내 것'으로 만드십시오.

4부

육각

돈비

체코 하늘에서 '돈비'가 내렸습니다. 헬기를 이용해 13억 원 규모의 현금을 뿌리면서 사건은 시작되었습니다.

'바르도셰크'(유명 방송인)가 영화 홍보차 자신의 팬들과 현금을 나누기로 결정, 흥미진진한 행사가 있으니 오라는 메일을 보내 인파를 모았습니다. 4,000명이 현장에 모였습니다.

제가 만약 그 자리에 갔다면 건빵 주머니까지 달린 바지에 검정비닐도 준비할 겁니다.

물론 그런 이벤트는 알지 못하지만 '바르도셰크'의 스케일에 비추어 볼 때 한번은 '또라이' 짓을 하지 않을까 준비하고 있어야겠지요.

주운 돈으로 가난하고 힘든 이웃에게 찾아가 모처럼 선한 마음으로 기쁨과 열정의 대열에 합류하겠습니다. 막상 손에 쥐게 되면 손바닥 뒤집기도 가능하게 될지 모릅니다. 그냥, 꿈이니까 상관없이 이런저런, 상상만으로 만족했습니다.

수명을 늘려주는

수명을 늘려주는 생활습관과 당뇨, 콜레스테롤, 암 등 기존 질환 요인에 의한 변수를 줄여주는 방법입니다.

다 알고 있는 사실이지만 활발한 신체활동(운동), 좋은 식습관, 긍정적 사회관계, 스트레스 관리, 절제된 음주, 절대 금연, 충분한 수면, 약물 중독에서 빠져나온 결과물이기도 합니다.

건강 습관 중 수명에 가장 큰 영향을 미치는 것은 즉 운동으로 나타났습니다. 매일 수십 분 동안 걷는 운동을 꾸준히 할 경우, 그렇지 않은 사람보다 사망 위험이 46% 낮았습니다.

매사 차량으로 이동하려는 현대인들의 고질적인 동선을 조금만 바꿔도 걷는 운동에 참가하는 훌륭한 마음가짐으로 연결될 것입니다. 오늘 얼마나 걸으셨나요? 자신의 수명은 자신이 책임지기 위해 귀찮지만 '두 발로' 걸어 다녀봅시다.

오늘부터 한 살, 혹은 두 살

"오늘부터 한 살, 혹은 두 살 더 어려지는 만 나이가 '내 나이'로 바뀌었습니다." 뉴스를 접하며 수명이 그만큼 연장된 희열을 잠시 느꼈습니다.

밖은 장마로 접어든 장대비가 쏟아집니다. 점심식사 후 의자에서 깜빡 졸았나 봅니다. 십 년, 혹은 이십 년 젊어진다는 행운 추첨이 콩나물시루에 빽빽하게 담겨져 지금 앞에 있습니다.

신중하게 콩나물 한 줄기를 뽑습니다. 한 번의 선택이 삶의 십 년을 왔다 갔다 하니까요. 혹시 이십 년 시간을 뽑지 못해도 실망하지 않을 다짐도 했습니다.

오늘 당신은 십 년의 시간을 뽑았습니까? 이십 년의 시간을 뽑았습니까? 꿈이었지만 달콤했다고, 깨어나도 달콤한 꿈을 이어가라며 현실에서 일 년 혹은 이년을, 횡재로 안겨 주었습니다.

탈출

살다가 지치면 턱을 괴고 책상 앞에 앉아봅시다. 무엇에 대한 스트레스인지 자신에게 물어봅시다.

자신을 카운슬링할 지도와 조언이 필요하다면 기꺼이 그 임무를 맡으셔야 합니다. 가장 객관적이고 확실하게 볼 수 있는 위치가 자신이기 때문입니다.

냉정하고 공정하게 자신을 진단하십시오. 그래야 특효와 대비책이 마련됩니다. 결코 포기는 금물입니다.

우리는 어떤 고난과 시련에도 맞설 준비가 되어 있다는 것을 명심하십시오. 틈틈이 운동으로 지친 몸에서 탈출하십시오. 단 금전적 스트레스라면 운동보다는 목청껏 소리 질러 일상에서 탈출하십시오.

안세영 선수

배드민턴 21살 안세영 글입니다.

아시안게임 이후 정말 많은 분의 응원과 격려로 또 다른 세상을 경험 중입니다. 이번에 잘 마치고 들어오면서 방송 출연, 인터뷰, 광고 등 정말 많이 들어왔습니다.

그렇지만 여러분들이 아는 안세영은 어제도 오늘도 내일도 그저 평범한 운동선수 안세영입니다. 메달 하나로 특별한 연예인이 된 것도 아니고 오늘 하루 잘 이겨나가며 묵묵히 목표를 향해 달려가는 안세영입니다.

제가 건방질 수도 있다고 생각하실 수 있으시겠지만 저는 앞으로 도달해야 할 목표가 있으니 묵묵히 한 걸음 한 걸음 걸어가려고 합니다.

또 다른 목표를 향해 뚜벅뚜벅 걸어가 꿈을 이룬 안세영 시대가 올 수 있도록 응원 부탁드립니다. 혹시 저의 모습이 보고 싶으신 분들은 제가 더 강해져 코트에서 보여드릴 수 있도록, 조금만 기다려 주세요.

21살 나이를 뛰어넘은 쉽지 않은 각오와 결심에, 한 수 배웁니다.

튤립

길을 묻는 낯선 곳에서 창 넓은 카페가 눈에 들어옵니다. 문을 열자, 현관문 종이 짤랑짤랑 울립니다. 카페 이름은 '빈자리'입니다. 그래서 빈자리가 많은가 봅니다.

유리잔에 튤립이 꽂힌 창가에 자리를 잡아, 눈이 선한 털보 바리스타에게 바닐라빈라떼를 주문합니다. 원두콩 냄새가 무척이나 세상을 따뜻하게 합니다.

빨간 튤립의 꽃말은 사랑 고백, 분홍 튤립은 애정의 배려, 주황 튤립은 수줍음, 보라 튤립은 영원한 사랑, 노란 튤립은 짝사랑, 검은 튤립은 저주, 하얀 튤립은 실연을 뜻한다고 합니다.

그런데 이토록 화려하고 다양한 튤립은 애석하게도 향기가 없습니다. 창조주는 공평해서 모든 것을 다 주지는 않습니다.

낙서

이탈리아 수도 로마의 2천 년 된 콜로세움에 자신과 여자 친구의 이름을 새겼다는 기사를 접했습니다. 이런 행동은 고고학과 역사 가치를 소중히 여기는 전 세계 사람들에게 불쾌감을 준 것은 엄연한 사실입니다.

연전에 우리나라 문화유산을 둘러볼 기회로 일정을 잡아 일행과 떠난 적이 있습니다. 그곳에서도 심심찮게 보게 되는 낙서로 눈살을 찌푸린 기억이 떠오릅니다.

자랑스러운 인간의 업적으로 혹은 조상들의 숨결로 온전히 보존해야 마땅한데, 일부 몰지각한 그들의 횡포가 여름 한낮의 온도를 상승시키고 있습니다. 얼이 보존된 유적지는 개인의 것이 아닌 우리 모두의 소중한 문화유산입니다.

철새

날아갈 방향을 아는 새들은 철새가 됩니다. 그들의 좌표와 그들의 날갯짓과 그들의 끈기로 계절을 따라 옮겨 다니는 행로를 결코 마다할 수가 없습니다.

만약 지쳐서 중도에서 포기할지언정 날아감은 계속되어야 합니다. 가속이 붙은 속도가 힘듦을 이야기하지만, 그들은 철새이기에 계절을 기다려야 하는 숙명 속에 갇혀 삽니다.

바람과 비와 거친 파도와 험준한 산야도 그들에게만은 길을 터 줍니다. 그들이 있기에 스스로 회전하는 지구의 자전과 태양 주위를 도는 공전이 제자리를 찾아가는 하루의 길이가 됩니다.

어느 날 무심코 올려다본 하늘에서 철새가 눈에 들어와 선 자리에서, 박수로 그들을 응원했습니다. 몇 발짝 쫓아가면서 파이팅을 외쳐 힘을 실어주었습니다.

사자평 습지

경남 밀양 사자평 습지에 은빛 가득한 억새를 보러 가신 적이 있나요. 바람보다 더 빨리 눕고, 더 먼저 일어난다며 시인이 노래한 억새 능선 길에서 걸음을 멈추지 마세요.

이미 한통속이 되어 억새처럼 바람에 온몸을 맡기고 말 겁니다. 버들치와 가재와 도롱뇽이 헤엄치고 꼬마잠자리와 은줄팔랑나비와 비단벌레가 날아다닙니다.

전망대인 하늘정원에서 한 시간 정도 걸으면 억새군락지가 들숨 날숨을 쉬며 바쁘게 살아온 발길을 저당 잡습니다.

그들의 자생에 우리의 환호가 얹혀, 광활한 면적과 계절에 따른 변화로 존재의 이유를 선물 받게 됩니다. 당연히 그래야만 합니다.

신체기관

놀랍고, 신비한 우리 몸 신체 기관이 무엇을 제일 무서워할까요?

1. 위(胃)는 차가운 것을 두려워합니다.
2. 심장은 짠 음식을 두려워합니다.
3. 폐는 연기를 무서워합니다.
4. 간(肝)은 기름기를 무서워합니다.
5. 콩팥은 밤을 새우는 것을 두려워합니다.
6. 쓸개는 아침을 거르는 것을 무서워합니다.
7. 비장은 마구잡이로 아무거나 막 먹는 것을 두려워합니다.
8. 췌장은 과식을 두려워합니다.

우리의 신체기관을 위해 애쓴 흔적과 노력을 보인다면,
건강한 안부를 듣게 됩니다.

"건강해 보이시네요."
"선생님도 역시 건강해 보이십니다."

쉬라 구에즈

미국 컬럼비아대 유학생 쉬라 구에즈(24)는 고국에 있는 친구로 부터 전쟁 발발 소식을 듣고 바로 짐을 꾸렸습니다. 공항에서 가진 인터뷰입니다.

"저는 이스라엘방위군 예비역 장교입니다. 한 아이가 납치돼 끌려 간 장면은 마음이 아팠습니다.

민간인이 고통을 당하고 살해돼야 할 이유는 없습니다. 이 전쟁 에 할 일이 있다는 것을 압니다. 두렵지 않습니다. 저를 필요로 하기 에, 돌아가길 간절히 원했습니다. 우리의 가치를 확고히 붙잡을 때 승리에 다가갈 겁니다.

누구든지 이스라엘을 도울 수 있습니다. 어떻게 도울 것인가 생 각만 하면 됩니다. 머릿속에는 다음 세대의 아이들에게 평화와 희망 이 있다는 노래를 불러주고 싶습니다. 우리는 반드시 이기기 위해 뭉 칠 것입니다."

그 용기와 마음가짐에 참으로 숙연하고 경건해집니다.

우리말

'언제나 한결같이 늘 그렇게'라는 순수 우리말이 '또바기'입니다. 어쩌다 마주친 '또바기'라는 우리말에 가슴까지 몽글몽글 따뜻한 기운이 차오르는 이유는 무엇일까요.

그것은 오래전 우리네 마음속에 자리 잡고 있었다고 추정됩니다. 하나의 언어가, 하나의 낱말이 대체 불가한 매력으로 다가온다면 서슴없이 포로가 되고 싶어집니다.

일상 속에서 쉽게 쓰지 않은 우리말 중에 뜻을 알게 되면 무릎을 치면서 탄성을 지를 때가 있습니다. '또바기'가 그렇습니다. 절묘하고 황홀하고 감동적인 우리말의 위대함을 새삼 깨달아 봅니다.

다소니(사랑하는 사람)
수피아(숲의 요정)
산돌림(옮겨 다니는 소나기)
사시랑이(가늘고 힘없는 사람)

내 새끼 지상주의

　자신의 아이가 '왕의 DNA'를 가졌다며 자녀의 담임교사에게 '갑질'을 했다는 의혹을 받는 교육부 사무관 A씨가 교감선생에게도 갑질한 정황이 드러났습니다.

　교감선생은 A씨가 "다른 애들의 행동 변화를 기록해서 매일 보내달라"거나 "내 아이를 위해 교육과정이나 이런 것들을 바꾸라"고, 밝혔습니다.

　'내 새끼 지상주의는 안락한 자리, 유익한 자리, 끗발 높은 자리로 밀어 올리려는(김훈 소설가의 글 중에서)' 극성에서 비롯된 이기주의라 생각합니다. 학생의 개성도 창의도 무시된 채 정형화된 교육을 강요한 것은 아닌지 사무관에게 묻고 싶습니다.

　'교권을 존중하는 것이 바로 규칙을 세우는 길입니다.'
　—윤석열 대통령 광복절 축사에서

장훈 선수

수많은 차별에도 불구하고 일본으로 귀화를 거부한 장훈 선수 (1940년생, 전 일본 프로야구선수)에게 일본인들은 이유를 물었습니다.

그러자 장훈 선수는 당당하게 대답했습니다.
"나는 한국인임을 한 번도 잊어본 적이 없습니다."

어느 날 경기 중 장훈 선수가 타석에 들어섰을 때 관중석에서 기다렸다는 듯 비난과 야유가 쏟아졌습니다.

"조선인 바보 녀석(조센진 빠가야로)" 순식간에 관중석 전체에 울려댔고, 결국 장훈 선수는 배트를 내려놓고 대기석으로 들어가고 말았습니다.

관중석이 잠잠해지자 다시 타석에 들어선 장훈 선수는 크게 말했습니다.
"그래요, 나는 조선인입니다. 그런데 뭐가 어떻다는 겁니까?"
날아오는 공을 향해 힘차게 배트를 날렸습니다. 그 순간 기막힌 장외 홈런이 터진 것입니다.

자신의 뿌리에 대한 자존감을 끝까지 지키려는 한 사람의 크고 당당한 모습에서, 우리를 진정 돌아보고 싶었습니다.

보틀 댄스

파라과이 전통 민속춤 '보틀 댄스'는 남다른 균형감각을 필요로 합니다. 길게 세로로 쌓아 올린 물병 탑을 제각각 머리에 올린 여성들이 치맛자락을 두 손에 잡고 사뿐사뿐 춤을 춥니다.

춤을 추는 동안 물병에는 절대 손을 대지 않고 민속의상 차림으로 춤동작을 이어갑니다. 남다른 균형감각을 가진 전문 무용수들은 10개 이상 머리 위에 올린 채로 춤을 출 수 있다고 합니다.

상상해 보시겠습니까? 파라과이 아순시온 공원에서 580명이 모여 오래도록 기억에 남을, 춤과 묘기에 가까운 물병 2,500개가 머리 위에서 아슬아슬하게 펼쳐지는 축제의 현장을 말입니다. 누구나 넋을 잃고 시선을 떼지 못할 겁니다.

세상은 넓고 새삼 볼거리는 많습니다. 여행을 하다 보면 낯선 사람, 낯선 문화, 낯선 풍경에 자연스럽게 녹아들게 됩니다. 얼마 있지 않아 또 다른 여행지를 꿈꾸게 됩니다. '나'를 사랑하기 때문입니다.

스트레스

'생로병사는 묻고 관혼상제는 묻지 말자'

가부장문화에서 명절날 가족끼리 만나면 알게 모르게 스트레스를 받게 됩니다.

누구나 겪는 태어나고, 늙고, 병들고, 죽는 네 가지 고통의 화제는 그런대로 들어줄 만합니다. 그러나 취업, 시험, 결혼, 승진과 맞닥뜨린다면 그에 해당 사항이 없거나 실패한 경험이 있다면 최악입니다. 좌불안석 그 자리가 벗어나고 싶을 겁니다.

모쪼록 이번 명절은 서로를 존중하고 아끼는 마음이 한가위처럼 되십시오. 8월(음력)의 한가운데에 있는 큰 날처럼 '흔들고 쓰리 고에 광박, 피박' 씌우는 타짜로 거듭나시기 바랍니다. 명절 연휴가 끝나고 또랑또랑한 모습으로 모두 뵙겠습니다.

박준 목사

박준(41) 목사는 미국의 종합병원에 근무하며, 죽음을 앞둔 수천 명의 환자들을 만나왔습니다. 이 병원에서는 죽기 전 박 목사를 만나게 됩니다.

"더 이상 목소리를 들을 수 없다는 건 너무나 슬픈 일이고, 환자들과 시간을 보내면서 각자의 이야기를 통해 치유를 얻는다는 것을 배웠다."고 했습니다.

박 목사는 갓 태어난 세쌍둥이를 동시에 잃고 비명을 지르던 엄마에서, 죽음을 앞두고 겁에 질린 10대 소녀까지 함께 기도하고 간절함에 다가가고 싶어 했습니다.

박 목사는 스스로를 '슬픔을 붙잡아 주는 사람'이라 표현했습니다. "이제 마침내 자유를 찾은 환자를 온전히 봐주고 들어주는 것이 내 희망"이라고 말하는 박 목사는 진정한 종교인이었습니다.

닭갈비

세계 미식 여행 매체가 고른 '최고의 볶음 요리 50선'에 한국의 '닭갈비'가 당당히 2위를 차지했습니다. 1만 개 넘는 음식과 미식 전문 웹사이트로 유명한 매체가 뽑은 닭갈비의 2위 기록은 누구도 예상치 못한 결과였습니다.

잡채와 낙지볶음과 닭볶음탕이 50위안에 들어가는 기염을 토하기도 했습니다. 닭갈비는 커다란 무쇠에서 요리되며 배추, 떡, 당근, 고추, 고구마와 간혹 깻잎도 추가된다는 설명도 곁들였습니다.

1위에는 태국 '팟 카프라오'가 차지했습니다. 다진 고기나 해산물을 홀리바질 향신료에 볶아 만드는 음식입니다. 훌륭한 향토음식을 알리고 새로운 음식에 대한 호기심을 유발하는 목적에 근거를 둔 대회는, 대한민국 위상이 얼마나 높아졌는지 한눈에 알 수 있는 계기를 마련해 주었다고 확신합니다.

우크라

우크라 젊은 병사의 이야기입니다. 러시아군 포격에 실명한 이반 소로카(27)는 자신을 향해 걸어오는 신부의 모습을 볼 수 없었습니다. 가장 치열한 전투가 벌어진 바흐무트에 배치되어 퇴각하는 러시아 군대의 포격으로 두 눈과 다리 부상까지 입었습니다.

우크라 젊은 애인의 이야기입니다. 리아베츠(25)는 흰색 드레스를 입고 소로카에 다가갔습니다. 손을 꼭 잡은 신랑 신부의 앞날에 서로 방향이 되고, 비빌 언덕이 되어 끝까지 놓지 않겠다고 했습니다.

우크라 농촌 마을 보르트니치 결혼식의 이야기입니다. 친척과 이웃, 친구들은 풍선으로 장식된 결혼식장에서 두 사람의 미래를 위해 축배를 들었습니다. 눈 높음만 내려놓으면, 작은 소유에 감사하는 행복의 나날은 언제든지 마음먹기에 따라 보너스처럼 주어집니다.

이그노벨상

상식을 뛰어넘는 재미있는 발상에 기반한 연구나 업적을 대상으로 이그노벨상이 있습니다. 그 수상자로 박승민 박사와 10명의 과학자가 선정되었습니다.

공중 보건상을 받은 박 박사의 스마트 변기는 몸에서 빠져나오는 배설물을 즉석에서 전염성 감염 여부를 판별해 주는 의료진단기로 승격해 놓았습니다.

100세 수명을 연장해 주는 확실성에 한 걸음 더 다가가는 진일보한 쾌거가 아닐 수 없습니다. 좀 더 건강한 삶, 가치 있는 삶, 보람된 삶은 인간다운 삶을 만들어가는 일입니다.

죽는 날까지

'인연의 질긴 닻줄을 거두어 하늘과 바람과 별과 시 돛폭을 올리고, 모국어로 더 너른 바다로 저어가라.'

대한민국 예술원 회장 이근배 님 글에서 윤동주 시인의 숨결이 들리는 듯합니다.

『윤동주 살아있다』 저서를 편집 담당한 민윤기 님은 "우리나라는 윤동주 보유국"이라고 책머리에 썼습니다. 윤동주는 청년들에게 삶의 지표이자, 시인들에게 어떻게 시를 써야 하는지 대답한다고 했습니다. 중국과 일본 등의 국가에서 윤동주 시인을 욕심내는 상황에서 더욱 그를 지키고 기려야 한다고 토로했습니다.

여전히 윤동주라는 한 인간의 고뇌와 한글 사랑과 독립에 대한 염원은 내내 펄떡펄떡 요동칠 것입니다.

> "죽는 날까지 하늘을 우러러
> 한 점 부끄럼이 없기를
> 잎 새에 이는 바람에도
> 나는 괴로워했다"

로드킬

로드킬을 도로 한복판에서 만난다면 핸들을 틀어 피해 가려 하시겠죠.

그러나 큰 사고가 날지 모르니 핸들을 꺾지 말고 직진하시라고 권합니다.

살아있는 동물이라면 경적을 울리거나 서행하십시오. 핸들 조작은 2차 사고의 원인으로 이어집니다.

최근 로드킬을 피하려다가 3명의 사상자를 낸 사고가 있었습니다. 살아가는 동안 위험 요소들은 뜻하지 않는 곳에서 만나는 불가피한 상황이, 언제든 도사리고 있습니다.

이미 중앙선 침범으로 사상자가 났다면 씻을 수 없는 자신의 과오입니다. 빠른 상황판단, 빠른 대처만이 이 험한 세상을 살아갈 수 있는 노하우입니다. 어쨌든 2차 사고는 로드킬보다 더 위험합니다.

도보 여행자

어느 날 도로 위에서, 도보 여행자가 히치하이킹을 해온다면 기꺼이 차 문을 열어주시겠습니까?

아니면 각박한 시류에 편승하듯 도보 여행자를 선뜻 태워주지 못하고 지나치시겠습니까.

그러나 세상살이에는 정답이 없습니다. 차 문을 열고 태워주어도, 태워주지 않아도 도보 여행자의 하루는 해 질 녘 고단한 육신을 눕힐 적당한 장소로 파고들 겁니다.

어쩌면 우리네 삶이 터벅터벅 갈 곳을 찾는 도보 여행자와 닮아 있다고 느끼지 않으셨나요. 때로 히치하이킹을 하다가 실패하더라도 웃고 마는 넉넉한 마음이 세상을 건강하게 살아가는 방법입니다.

강미옥 씨

다섯 명에게 장기를 기증하고 떠난 강미옥 씨는 남편과 사별하고 맏딸(22살)을 사고로 떠나보냈습니다. 강 씨는 평소 가족에게 뇌사상 태가 되면 장기기증을 하고 싶다고 했습니다.

딸 이진아 씨는 강 씨의 뜻을 받들어 장기기증에 동의했습니다. "우리 다음 생에 만나서 오래 헤어지지 말고 살자. 하늘나라에서 아 빠랑 언니랑 아프지 말고 잘 지내고 있어. 엄마는 내 인생의 전부였 고 낙이었어."

그렇게 주변 사람들을 위해 뜻깊게 베풀고 떠나는 삶도 마냥 슬 픈 죽음으로 비춰지지 않는 이유는 무엇일까요. 어떻게 될지 모르는 우리네 삶에 장기기증을 딸, 아들을 앉혀두고 이야기했습니다. 애들 은 웃고 말지만 기억은 하겠지요. 왠지 행복해지는 밤입니다.

최재천 교수

서울대 후기 학위수여식에서 최재천 석좌교수는 "혼자만 잘 살지 마세요."라며 축사가 이어졌습니다.

"제가 평생토록 관찰한 자연에도 손잡지 않고 살아남은 생명은 없더군요. 공정은 가진 자의 잣대로 재는 게 아닙니다."

"키가 작은 이들에게 더 높은 의자를 제공해야 비로소 이 세상이 공정하고 따뜻해집니다. 주변은 온통 허덕이는데 다 거머쥐면 과연 행복할까요."

저도 묻습니다. 잠자고 있는 토끼를 깨우지 않고 결승점을 향한 거북이가 진정한 승자일까요. 더불어 사는 세상, 따뜻한 온기로 서로를 보듬어주는 세상이야말로 참가치의 행복이 아닐까요. 낙오자 없는 경쟁자가 되길 간청합니다.

태극기

한양 근교 4대 사찰로 불리는 '관사'에서 누런 천 뭉치를 펼쳤을 때 놀랍게도 태극기가 발견되었습니다.

더욱 놀라운 것은 왼쪽 윗부분이 불에 타긴 했지만, 일장기에 덧그려진 태극기라는 사실에 전율을 느꼈습니다.

얼마나 호된 경고이고, 절박함이며 간절함을 송두리째 담은 염원으로 탄생했겠습니까.

승려이자 독립운동가인 백초월 선생의 대쪽 같은 항거이며 훗날 생생한 역사를 증언할 표상으로 깊숙이 보관한 것은 아닐까요. 우린 애국심을 전승한 자랑스러운 대한민국 국민입니다.

만보기

나무는 '뿌리'가 먼저 늙고
사람은 '다리'가 먼저 늙는다고 합니다.

부지런한 발걸음이
또랑또랑한 일상을 '내 편'으로 만듭니다.

허리춤에 찬 만보기
무게는 작지만
내 걸음과 건강을 하나도 잊지 않고
기록하는 중입니다

두더지 잡기

언덕이라 해서 가 보았지
어릴 적부터 언덕에 대한 낭만이 있었거든
새싹이 둘레를 에워싸고 부드럽고 연약한 흙 알갱이가 포개어서
세상 이치에 맞는 바른 소리로 봉긋한 저 산을 올려본다면
대충 두리번거리지 않아도 수긍이 가고 말 거야

하루 날 잡은 땅속에서 언 땅을 헤집고 겨울잠도 잠시 내려놓은 채
앞발로 길을 열고 부서지는 흙을 뒷발로 다져가며
남겨둘 인연은 땅굴에 보관해 두지
저토록 매운바람 한 줄 코끝에 스쳐 가도
온종일 뜨거운 광야를 다녀갔던 청춘이 있기에
견딜 각오로 이어지네
마침내 머리를 내밀어 보았지

거북이를 기다리는 깃발 하나 꽂혀 때를 기다리는 언덕
어느 해도 마다하지 않고 펄럭이는 깃발 아래 저만치
깊게 잠든 토끼 퐁퐁 솟아나고
두더지 잡기야, 이젠 안녕

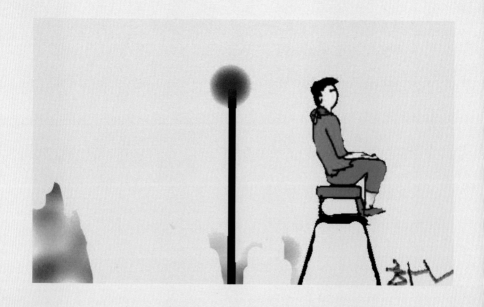

붕어빵 닮은 선생님

한관식 지음

발행처   도서출판 청어
발행인   이영철
영업   이동호
홍보   천성래
기획   남기환
편집   이설빈
디자인   이수빈 | 김영은
제작이사 공병한
인쇄   두리터

등록   1999년 5월 3일
          (제321-3210000251001999000063호)

1판 1쇄 발행 2024년 3월 10일

주소   서울특별시 서초구 남부순환로 364길 8-15 동일빌딩 2층
대표전화 02-586-0477
팩시밀리 0303-0942-0478
홈페이지 www.chungeobook.com
E-mail   ppi20@hanmail.net

ISBN   979-11-6855-232-6(03810)

이 책의 저작권은 저자와 도서출판 청어에 있습니다.
무단 전재 및 복제를 금합니다.